EDUCAÇÃO E DIREITO À EDUCAÇÃO NO BRASIL:

Um histórico pelas Constituições

Carlos Roberto Jamil Cury

EDUCAÇÃO E DIREITO À EDUCAÇÃO NO BRASIL:

Um histórico pelas Constituições

MAZZA
edições

EDUCAÇÃO E DIREITO À EDUCAÇÃO NO BRASIL: UM HISTÓRICO PELAS CONSTITUIÇÕES.

COLEÇÃO PENSAR A EDUCAÇÃO PENSAR O BRASIL

Série Ensaios

Coordenação

Luciano Mendes de Faria Filho (UFMG)

Capa

Túlio Oliveira

Revisão

Lourdes Nascimento

Projeto Gráfico

Casadecaba Design e Ilustração

Diagramação

Letícia Santana Gomes

C982e Cury, Carlos Roberto Jamil.
Educação e direito à educação no Brasil: um histórico pelas constituições / Carlos Roberto Jamil Cury. — Belo Horizonte: Mazza Edições, 2014.

80 p. ; 12x20cm — (Coleção Pensar a Educação Pensar o Brasil).

ISBN: 978-85-7160-641-8

1.Ensaios brasileiros. I. Título. II. Série.

CDD: B869.4

CDU: 821.134.3(81)-4

Produção Gráfico-editorial
MAZZA EDIÇÕES LTDA.
Rua Bragança, 101 – Pompeia
30280-410 BELO HORIZONTE – MG
Telefax: + 55 (31) 3481-0591
email: edmazza@uai.com.br
site: www.mazzaedicoes.com.br

SUMÁRIO

Introdução

Desde muito tempo, houve tentativas, em nosso país, de se fazer com que o jovem, sobretudo nas escolas formais, tivesse, ao lado da formação cognoscitiva, uma educação para a cidadania. Tal é o caso do artigo 6º de nossa primeira lei geral da educação de 15 de outubro de 1827, assinada pelo Imperador Pedro I e voltada para a instrução primária. Rezava aquele artigo que

> os professores ensinarão a ler, escrever, as quatro operações de aritmética, prática de quebrados, decimais e proporções, as noções mais gerais da geometria, a gramática da língua nacional, e os princípios de moral cristã e da doutrina da religião católica e apostólica romana, proporcionados à compreensão dos meninos, *preferindo para as leituras a Constituição* do Império e a História do Brasil. (Grifos do autor)

Mais tarde, a Constituição Republicana de 1934, mandará, em seu artigo 25 das Disposições Transitórias, que o "Governo Federal fará publicar em avulso, essa Constituição para larga distribuição gratuita em todo o país, especialmente aos alunos das escolas de ensino superior e secundário e promoverá cursos e conferências para lhe divulgar o conhecimento".

Uma Constituição Nacional, expressão básica de um pacto pela existência social, assinala o conjunto mais elevado de princípios, prescrições e dispositivos para a autonomia e soberania de uma nação. Por ela, de um lado, busca-se um ordenamento jurídico que não permita, dentro da vida social, o caos ou a anomia. Portanto, ela impõe regras fundantes da existência social. E, por outro lado, tais regras fundam os direitos e os deveres da cidadania e a organização econômica, social, política e cultural. Por vezes denominada de Carta Magna ou Código Supremo, ela regula também as relações entre governantes e governados, estatui o sistema de governo, suas atribuições e competências. Além disso, as leis infraconstitucionais que dela decorrem devem ser congruentes entre si.

Vejamos antes o que significa *lei*, já que a Constituição também é chamada de Lei Maior.

O termo *legislação* é a junção de 2 termos: legis + lação. Ambos provêm do latim. *Legis* (da lei) é o genitivo de *Lex* (Lei). *Latio* (+ lação) provém de um verbo latino *fero, ferre, tuli, latum*. Vejamos um por um.

Lex/legis[1] quer dizer em português, respectivamente, lei/da lei. Assim *legis* quer dizer da lei. A expressão *lex, legis* tem sua origem, segundo intérpretes, no verbo latino lego, legere e significa: *ler*. Quer dizer *ler* a palavra

---

[1] O latim é uma língua que flexiona os substantivos, adjetivos e pronomes nas terminações de cada qual segundo determinados casos. Por exemplo, para uma expressão como a casa de Paulo, o latim tem uma terminação específica na palavra Paulo (Paulus) e que significa de *Paulo* (Pauli). No caso, trata-se do genitivo, ou seja do complemento possessivo. O alemão também declina as palavras.

que foi pronunciada e que foi escrita. *Ler* a palavra que foi escrita não deixa de ser um modo pelo qual se dá a conhecer algo que foi produzido. Neste momento, *lei* e *lei*-tura se aproximam e, por extensão, lei, leitura e escritura. Em muitos países, como o Brasil, vigeu, por muito tempo, a proibição legal de o analfabeto participar das eleições como votante. Partia-se do pressuposto de que quem não lê (leitor), também não pode ser (e)leitor, já que ele não poderia, por si só, colher, tirar algo de uma lei cujo conteúdo ele não leu. Mais do que isto, por muitos séculos, no Brasil, aos negros escravos era proibido frequentar escolas de "primeiras letras".

Outros intérpretes preferem dizer que lei advém do verbo latino *lego, legare* e que, em português, significa, legar, transmitir a alguém o encargo de fazer algo em virtude de um contrato ou de um pacto[2].

O terminativo *lação (latio)* ajuda a compreender melhor ainda o sentido da palavra como um todo. *Lação* provém do latim do verbo irregular *fero, ferre, tuli, latum* (levo, levar, levei, levado) e quer dizer levar, transportar, carregar, trazer, apresentar. Seu particípio passado é *latum* (levado) donde procede *lação*. Em nossa língua portuguesa, este particípio pode ser encontrado em palavras como tras-lado[3], translação[4] ou o verbo trasladar. *Latio*, então, significa a ação de apresentar, o

---

[2] Em português, é comum se dizer que *os pais legaram* aos filhos uma boa educação. Na administração da educação escolar, pode-se encontrar uma forma de distribuir poderes mediante (de)*legacias de ensino*.

[3] O traslado é o movimento de mudar algo de um lugar para o outro. Pode significar também copiar.

[4] Quem não se lembra dos conteúdos de Geografia pelos quais aprendemos que translação é o movimento executado pela Terra em torno do Sol com duração de 365 dias?

movimento de trazer para uma apresentação de algo, como também o movimento de transportar algo par alguém.

Legislação, pois, quer dizer algo que foi "dito", que foi "escrito" sob a forma de lei e que está sendo apresentado ou que está se dando a conhecer ao povo, inclusive para ser lido e inscrito em nosso convívio social.

A legislação, então, é uma forma de apropriar-se da realidade política por meio das regras declaradas, tornadas públicas, que regem a convivência social de modo a suscitar o sentimento e a ação da cidadania. Não se apropriar das leis é, de certo modo, uma renúncia à autonomia e a um dos atos constitutivos da cidadania.

Legislação tem ainda significados correlatos, como o ato pelo qual se produzem as leis, podendo significar também o conjunto das leis ou mesmo a regra jurídica dentro de um mandato atribuído pelo povo a um representante eleito para um dos poderes.

Agora, pode-se passar para a origem etimológica de Constituição. Este termo advém do verbo latino *constituo, constituere.* Este, por sua vez, é composto pela preposição *com* e pelo verbo *instituo, instituere*, significando colocar em, formar. Daí que constituir significa estabelecer *com*, ordenar e compor *junto*. Etimologicamente, pois, a constituição pede por uma elaboração em conjunto.

Mas qual conjunto?

Em termos históricos, uma Constituição *proclamada* se vê precedida por um processo constituinte que, por sua vez, depende de eleições populares voltadas para este fim. Quando a elaboração da Constituição se dá de modo democrático, ela expressa a vontade soberana de um povo por meio de representantes escolhidos para este fim. Neste sentido, ela se abre à participação popular em sua diversidade a fim de constituir uma comunidade política por meio da elaboração de um código básico de leis que regule as relações sociais.

No Brasil, ainda que com algumas limitações, pode-se dizer que atendem a este princípio as Constituições de 1891, 1934, 1946 e 1988.

Contudo, uma Constituição pode se realizar em condições diferentes de um processo democrático. Isto se dá quando grupos de poder ou elites econômicas a elaboram como produto do alto, isto é, de modo vertical e impositivo. Neste caso, a Constituição, da qual se diz *outorgada*, é fruto de um regime autoritário ou mesmo ditatorial. É o caso, no Brasil, da Constituição de 1937 e da Emenda Constitucional da Junta Militar de 1969. A meio caminho entre as primeiras e as últimas, pode-se apontar, com certa reserva, a Constituição Imperial de 1824 e a Constituição de 1967.

Em face destes processos, sempre complexos, uma Constituição pode expressar tanto avanços democráticos em relação a direitos, como consolidar um *status quo* vigente. Mesmo uma Constituição outorgada pode incluir dispositivos que, apresentados como direitos, são uma resposta controlada a demandas ou pleitos prévios à outorga. E, neste sentido, eles podem ser ressignificados quando da instauração de um Estado Democrático.

As definições de democracia contêm uma boa dose de polissemia. Contudo, de uma maneira ou de outra, a noção de participação pelo voto por parte da população, especialmente se voto universal, é um ponto de razoável convergência entre os estudiosos. É certo que esta participação nem sempre foi a mais larga. Muitas lutas se deram, por exemplo, para a conquista do voto universal e, dentro deste, o voto feminino, inclusive no Brasil[5].

Bobbio (2000, p. 386) prefere uma definição que se caracteriza por ser ela um *poder em público*. Segundo ele, esta definição indica ser a democracia um regime no qual estão presentes "todos aqueles expedientes institucionais que obrigam os governantes a tomarem suas decisões às claras e permitem que os governados vejam como e onde as tomam".

Segundo o mesmo autor, o "poder em público" se remete "ao público ativo, informado e consciente de seus direitos" (*ibidem,* p. 388) e se opõe à autocracia que reserva para si os *arcana imperii* (os segredos de governo) e se subtrai ao olhar do público que, tido como "ignorante", não entenderia os interesses do Estado. Ao público competiria aplaudir e aclamar os sinais visíveis do potentado. "A essa visibilidade puramente exterior do senhor da vida e da morte dos próprios súditos deve corresponder a opacidade das decisões das quais a sua vida e morte dependem" (*idem*).

Não se trata mais de um governo em que a *lex* está *sub rege* (a lei está sob o rei/governante) – tal é o caso da encarnação tirânica ou despótica – bem ao contrário, trata-se de um governo em que o *rex* (rei/governante) está *sub lege* (sob a lei) em que a razão postula a felicidade de todos os habitantes da cidade.

Ora, essa passagem do governo dos homens para o governo das leis implicou a lenta constituição

[5] Em contraste com o voto universal, durante muito tempo vigeu o voto censitário, que estabelecia como critério para ser votante a propriedade ou mesmo um certo patamar de renda monetária. Exemplo disto é a nossa Constituição Imperial de 1824.

do Estado de Direito no qual há inversão da *potestas ex parte principis* (poder advindo do príncipe) para a *potestas ex parte populi* (poder vindo do povo) e, com isso, a dessacralização do poder, a laicização do direito, do Estado e a afirmação dos direitos civis. E a sociedade moderna irá, lentamente e não sem resistências, fazer uso dessa *potestas ex parte populi para*, por meio de representantes, ser a fonte da elaboração e constituição das leis.

A assunção dessa *potestas* supõe um público ativo, consciente, bem informado e esclarecido de seus direitos e deveres, capaz de cobrá-los e não uma multidão amorfa, ignorante e passiva. O público é, nesse caso, a superação da multidão como um ajuntamento amorfo de muitos indivíduos, em favor da capacidade de participação dos sujeitos nos destinos de sua comunidade.

A formulação de um Estado Democrático de Direito, posta no atual ordenamento jurídico nacional de 1988 como um todo, é um Estado de Direito, já que reconhece explícita e concretamente a soberania da lei, do regime representativo e das liberdades civis. E, ao mesmo tempo, o supera tanto pela inclusão e reconhecimento de direitos sociais, direitos políticos e direitos humanos, como pela assunção do poder popular como fonte do poder e da legitimidade e pela consideração deste como componente dos processos decisórios mais amplos de deliberação pública e de democratização do próprio Estado.

Logo, a essência do poder inerente à coisa pública (*res publica*) consiste no repúdio aos *arcana imperii* e ao *governo dos homens*, fonte de conchavos entre os áulicos e de lutas entre os habitantes pela disputa de bens privados. E consiste também na constituição do Estado Democrático de Direito (*governo das leis com participação, publicização mais direitos sociopolíticos*) para cuja consecução há de haver um público que repudia a ignorância e clama por educação.

> [...] para o bom democrata, o reino da virtude (que para Montesquieu constituía o princípio da democracia contraposto ao medo, princípio do despotismo) é a própria democracia, que, entendendo a virtude como amor pela coisa pública, dela não pode privar-se e ao mesmo tempo a promove, a alimenta e reforça. Um dos trechos mais exemplares a esse respeito é o que se encontra no capítulo sobre a melhor forma de governo das *Considerações sobre o governo representativo* de John Stuart Mill, na passagem em que ele divide os cidadãos em ativos e passivos e esclarece que, em geral, os governantes preferem os segundos (pois é mais fácil dominar súditos dóceis ou indiferentes), mas a democracia necessita dos primeiros. Se devessem prevalecer os cidadão passivos, ele conclui, os governantes acabariam prazerosamente por transformar seus súditos num bando de ovelhas dedicadas tão-somente a pastar o capim uma ao lado da outra (e a não reclamar, acrescento eu, nem mesmo quando o capim é escasso). Isto o leva a propor a extensão do sufrágio às classes populares, com base no argumento de que um dos remédios contra a tirania das maiorias encontra-se exatamente na promoção da participação eleitoral não só das classes acomodadas (que constituem sempre uma minoria e tendem a assegurar os próprios interesses exclusivos), mas também das classes populares. (BOBBIO, 1986, p. 31-32, grifos no original)

Este processo, repita-se processo como ação em andamento nem sempre contínua, é uma opção dos cidadãos por condições que possibilitem tanto os direitos existentes, como o *direito a ter direitos*, segundo a expressão palmar de Hannah Arendt. E, entre tais direitos, o direito à educação.

O ordenamento jurídico indica os direitos, os deveres, as proibições, as possibilidades e os limites de atuação, enfim: normas e regras.

Segundo Bobbio (1992, p. 79-80),

> a existência de um direito, seja em sentido forte ou fraco, implica sempre a existência de um sistema normativo, onde por "existência" deve entender-se tanto o mero fator exterior de um direito histórico ou vigente, quanto o reconhecimento de um conjunto de normas como guia da própria ação. A figura do direito tem como correlato a figura da obrigação.

Contudo, há que se reconhecer que a realização destes direitos e deveres, expressos em lei, entra em choque com as adversas condições sociais de funcionamento da sociedade ante os estatutos de igualdade política por ela reconhecidos. É inegável também a dificuldade de, diante da desigualdade social, instaurar um regime em que a igualdade política vá acontecendo no sentido da diminuição das desigualdades e das discriminações.

É por estas razões que a importância da lei não pode ser identificada e reconhecida como um instrumento linear ou mecânico de realização de direitos sociais. Ela acompanha o desenvolvimento contextualizado da cidadania em todos os países.

Com efeito, na história da produção do direito à educação, há que se remontar à ordem liberal, própria da modernidade em seus inícios. De um lado, esta ordem, calcada na figura do indivíduo (como se viu acima, nos termos de Bobbio), reduz os privilégios da aristocracia e das igrejas, postulando a origem terrena do poder e a laicidade do Estado. E, de outro, ela reconhece a igualdade de direitos de todos perante a lei. E esta sociedade liberal, junto com o lucro, afirmará a importância de ser instruído.

A instrução passa a ser própria da *virtus* do indivíduo. Como algo nascido do seu esforço. Apesar de o direito à instrução não constar do estado de natureza ou mesmo entre os chamados direitos naturais, será no contexto da aceitação ou da recusa a esta forma de encarar o nascimento da sociedade moderna que a instrução lentamente ganhará destaque.

Inicialmente aberta somente para os que dispõem de recursos, dado o caráter desigual da sociedade, e caminho para aqueles que viriam a se afirmar como quadros de inteligência no aparato de Estado, ela, lentamente, será o caminho para que as Luzes (Universais) se acendam em cada indivíduo a fim de que todos possam usufruir da igualdade de oportunidades e avançar diferencialmente no sentido do mérito. E como nem sempre o indivíduo pode sistematizar este impulso, como nem sempre ele é, desde logo, consciente deste valor, e para que este impulso não viesse a se tornar privilégio de poucos, privilégio resultante das condições econômicas, cabe a quem representa o interesse de todos sem representar o interesse específico de ninguém dar a oportunidade de acesso a este valor que desenvolve e potencializa a razão individual. Daí a instrução se tornar pública como função do Estado e mais explicitamente como dever do Estado, a fim de que, após o impulso interventor inicial da instrução primária, o indivíduo pudesse se autogovernar como ente dotado de liberdade e capaz de participar de uma sociedade de pessoas livres.

A importância do ensino primário tornado um direito imprescindível do cidadão e um dever do Estado impôs a gratuidade como modo de torná-lo acessível a todos. Por isto, o direito à educação escolar primária se inscreve dentro de uma perspectiva mais ampla dos direitos civis dos cidadãos.

Tais direitos vão sendo concebidos, lentamente, como uma herança dos tesouros da civilização humana e por isso não é cabível que alguém não possa herdá-los. Ao oferecer a educação escolar primária gratuita, o próprio Estado liberal assegura uma condição universal para o próprio usufruto dos direitos civis. Com efeito, as luzes da razão com suas leis racionais supõem a atualização dessas leis nos seres racionais de modo a poder realizar o interesse de todos em cada qual.

Thomas Marshall (1967, p. 60-63), comentando e citando o pensamento do economista liberal neoclássico Alfred Marshall, diz:

> [...] o Estado teria de fazer algum uso de sua força de coerção, caso seus ideais devessem ser realizados. Deve obrigar as crianças a frequentarem a escola porque o ignorante não pode apreciar e, portanto, escolher livremente as boas coisas que diferenciam a vida de cavalheiros daquela das classes operárias.
>
> [...]
>
> Ele reconheceu somente um direito incontestável, o direito das crianças serem educadas, e neste único caso ele aprovou o uso de poderes coercivos pelo Estado [...]

Reconhecida a importância do desenvolvimento das Luzes, por meio da instrução como via da realização do interesse de cada um, interesse este racional e oposto ao universo passional, ela passará a ser vista como um valor que impulsiona a ação do indivíduo tendo em vista o princípio da responsabilidade individual. Todo o avanço da educação escolar, além do ensino primário, resultou de lutas conduzidas por uma concepção democrática da sociedade em que se postula ou a igualdade de oportunidades ou mesmo a igualdade de condições sociais.

Trata-se do momento histórico em que a sociedade liberal se verá ante as demandas democráticas das quais a Revolução Francesa é uma realidade e um símbolo.

A partir dela, certas pressões advindas das classes populares tiveram que se defrontar com o liberalismo. Assim, a busca do princípio da igualdade contém dentro de si o recorte do universal e, mais do que isto, apela para uma efetivação. Com isto, a soberania nacional, uma marca do liberalismo, se vê às voltas com a reivindicação da soberania popular. Ela não é uma soberania de poucos, mas uma soberania em que a origem do poder se desloca para o conjunto dos cidadãos. E um ponto se torna inarredável: o direito de voto aberto para todos. Agora, o liberalismo terá, como parceiro incômodo, a democracia.

Ampliada a representação parlamentar para além dos grupos privilegiados, segundo Przeworski (1989), vários partidos europeus de esquerda, nos diferentes países do continente europeu, se empenharam na busca de vitórias eleitorais acenando bandeiras de reformas. Muitas tendências dos diferentes partidos socialistas que se formaram ao longo do século XIX e início do século XX, desejosos de transformações sociais radicais pelo caminho de maiorias eleitorais, não só lutaram pela escola primária gratuita e obrigatória como também pela sua extensão a níveis mais elevados.

A importância deste solo democrático nasce do caráter contraditório que o acompanha: nele sempre reside uma dimensão de luta. Luta por inscrições mais democráticas, luta por efetivações mais realistas, luta contra descaracterizações mutiladoras, luta por sonhos de justiça.

Hoje, praticamente, não há país no mundo que não garanta, em seus textos legais, o direito de acesso, permanência e sucesso de seus cidadãos à educação escolar básica.

Segundo Bobbio (1992, p. 75):

> Não existe atualmente nenhuma carta de direitos que não reconheça o direito à instrução – crescente, de resto, de sociedade para sociedade – primeiro, elementar, depois secundária, e pouco a pouco, até mesmo, universitária. Não me consta que, nas mais conhecidas descrições do estado de natureza, esse direito fosse mencionado. A verdade é que esse direito não fora posto no estado de natureza porque não emergira na sociedade da época em que nasceram as doutrinas jusnaturalistas, quando as exigências fundamentais que partiam daquelas sociedades para chegarem aos poderosos da Terra eram principalmente exigências de liberdade em face das Igrejas e dos Estados, e não ainda de outros bens, como o da instrução, que somente uma sociedade mais evoluída econômica e socialmente poderia expressar.

Ora, a fruição de um *direito (jus)* que pertence a um sujeito, dele titular, rege-se pelo princípio de que *jus et obligatio sunt correlata*. Decorre daí, traduzindo tal adágio latino, que a todo o direito *(jus)* corresponde um dever *(obligatio)* da parte de outrem ou, em outros termos, a satisfação de tal direito importa na existência de um sujeito ativo da obrigatoriedade de sua prestação.

> A história da formação do Estado moderno é, em grande parte, a história das tentativas de tornar efetiva, por meio de vários dispositivos constitucionais, a exigência das teorias jusnaturalistas, manifestada durante alguns séculos, em favor de uma limitação do poder soberano. Passou-se, do controle do poder executivo por parte do legislativo, ao controle do legislativo por parte do poder constituinte. Encontramo-nos, agora, na fase da tendência irresistível no sentido do controle de uma ordenação jurídica parcial – o Estado – por uma ordem universal – a comunidade internacional. (BOBBIO, p. 70, 1997).

Após esta parte introdutória, cabe verificar como a educação escolar foi traduzida nas Constituições brasileiras.

Educação e Constituições nacionais

No que se refere à relação educação e direito à educação posto em Constituições, o Brasil teve uma trajetória peculiar. Nem sempre a realidade correspondeu aos dispositivos postos nos textos do ordenamento jurídico. A dívida para com a população escolarizável já foi muito maior. A realidade de nossa cidadania educacional esteve muito distante do que se poderia esperar de um país que se queria civilizado. E, ainda hoje, apesar dos muitos avanços obtidos, especialmente no acesso à escola, muito há que se fazer com o desafio da qualidade. Muitos dos atuais desafios têm atrás de si um passado de omissão, desleixo e de abandono[6].

A *educação*, tomada no seu sentido específico de *educação escolar*, ocorreu em nosso país de modo tardio. Sua *oferta institucional, organizada e sistemática* não só se deu após grande demora como também se pautou pela desigualdade e discriminação. Quando se diz *tardia*, quer-se dizer que algo floresceu *depois* de um tempo considerado como apropriado para tal e que se moveu de uma maneira mais lenta do que deveria.

[6] Para um estudo minucioso sobre processos constituintes no Brasil e a educação, cf. Fávero (1996).

Nesse sentido, está sendo pressuposto que em algum lugar isso se deu de modo tempestivo e dentro de um ritmo adequado ou que não ocorreu, apesar de normas prescritivas a este respeito.

O Brasil foi colonizado por uma potência ibérica, Portugal, cujo contexto de Metrópole articulado a um catolicismo contrarreformista determinou um modo autoritário de se relacionar com as populações nativas e com outras que aqui chegaram. Assim, os índios eram considerados "bárbaros" e os africanos, trazidos à força, tornaram-se escravos, uma "propriedade do outro". Para esses contingentes humanos, a educação escolar não foi objeto de cogitação especial. Para eles, segundo essa concepção, bastava a doutrinação ou a catequese. Desse modo, o ler e o escrever eram considerados dispensáveis para quem não era visto senão como força de trabalho. Essas populações deveriam ser ouvintes, escutando docilmente a palavra dos outros.

Diferentemente de países em que a Reforma foi objeto de lutas e o ler e o escrever se tornaram indispensáveis para a leitura das Escrituras, resultando daí a abertura de escolas, aqui o elemento forte foi a oralidade.

No que se refere à instrução escolar, até a proclamação da Independência, o Brasil era regido pela legislação metropolitana. Cabe especial menção ao período em que a Corte portuguesa se deslocou para o Brasil. Em 1821, as Cortes Gerais Extraordinárias e Constituintes da Nação Portuguesa, também conhecidas como Soberano Congresso, elaboraram um texto denominado Bases da Constituição Portuguesa. D. João VI, antes de retornar a Portugal, prometeu jurar a Constituição que viesse a ser aprovada. Esta se deu em outubro de 1822: a Constituição Política da Monarquia Portuguesa de 1822. Dela participaram representantes brasileiros, e com esta Constituição Portugal se tornou uma monarquia constitucional. Esta Constituição, em seu artigo 223, inciso 4, atribuía às Câmaras Municipais a oferta da instrução própria das primeiras letras.

Durante o processo constituinte, as Cortes elaboraram um Decreto, o de 10 de março de 1821, pelo qual, independentemente de exame ou licença, qualquer cidadão poderia oferecer o ensino das primeiras letras. O Príncipe Regente (futuro D. Pedro I), em nome de D. João VI (já em Portugal) o publica no Brasil.

A Independência do país, em setembro 1822, trouxe a expectativa de mudanças. Entre outras, a feitura de uma Constituição que expressasse, por sua vez, a autonomia do país, sua soberania e os dispositivos de sua cidadania e da organização do novo Estado.

Uma nova Constituição, se elaborada com alguma participação política por meio do voto popular para eleger seus parlamentares, pretende desconstituir um regime anterior para afirmar um novo. Como a Constituição portuguesa foi aprovada em outubro de 1822 e a independência do Brasil se deu em setembro do mesmo ano, esta desconstituição dos laços com Portugal só se formalizaria, da parte do Brasil, com aquela que viria a ser a Constituição de 25 de março de 1824.

Dadas as condições em que se deu o processo constituinte, entre 1823 e 1824, pode-se dizer que ele nasceu com uma abertura possível naquele contexto histórico. Algo parecido com um horizonte do que Bobbio denomina como sendo *ex parte populi* de que, por meio de representantes democraticamente eleitos, o povo venha a ser a fonte da elaboração e constituição das leis. Tratava-se de uma ruptura com uma concepção absolutista do poder pela qual a sociedade vai afirmando a relação política não mais como algo *ex parte principis*, mas como *ex parte civium*.

> [...] característica da formação do Estado moderno, ocorrida na relação entre Estado e cidadãos: passou-se da prioridade dos deveres dos súditos à prioridade dos direitos do cidadão, emergindo um modo diferente de encarar a relação política, não mais predominantemente do ângulo do soberano, e sim daquele do cidadão, em correspondência com a afirmação da teoria individualista da sociedade em contraposição à concepção organicista tradicional. (BOBBIO, 1992, p. 3)

Entretanto, as vicissitudes históricas conduziram a que nossa primeira Constituição como país livre viesse se inscrever dentro de um horizonte *ex parte principis*, mas sem deixar de atender a determinados princípios liberais, especialmente o relativo à propriedade.

A Constituinte foi aberta em 3 de maio de 1823. A eleição fora indireta e com base censitária. Mas a tensão entre a corrente liberal e a absolutista determinou o fechamento da Constituinte em 12 de novembro de 1823. O projeto de Constituição, elaborado com o apoio de dez *notáveis* juristas da confiança do Imperador, foi enviado às Câmaras Municipais para sugestões. Não havendo reservas de fundo, a Constituição foi outorgada em março de 1824 e jurada pelo Imperador na Catedral do Império.

Trata-se de uma Constituição híbrida na qual convivem elementos liberais e suas garantias individuais dos cidadãos com o centralismo do Imperador e seu poder moderador. Mais do que híbrida, há uma contradição visível entre os princípios liberais e o estatuto da escravidão.

No que se refere à educação, a Constituição de 1824 incluiu *a instrução primária, gratuita a todos os cidadãos* (art. 179, XXXII) no Título das *Disposições Gerais e Garantias dos Direitos Civis e Políticos dos Cidadãos Brasileiros*. Portanto, a instrução primária foi considerada um direito civil e político da nova nação. Contudo, a cidadania incluía apenas os nascidos livres, os naturalizados e os libertos. Com isso, o acesso à instrução primária pública era interdito aos escravos e índios[7].

À época da Independência, por exclusão socioétnica, 40% dos habitantes não tinham acesso à educação como também não eram considerados cidadãos. Se a isso ajuntarmos as mulheres, que, pela concepção organicista da época, se limitavam a uma cidadania passiva, então o universo dos não cidadãos ou cidadãos imperfeitos sobe consideravelmente. É importante acrescentar que, à época, o direito de voto era privativo do sexo masculino e se regia pelo voto censitário.

A educação na Constituinte de 1823 foi trabalhada por Chizzotti (1975) em sólida investigação de fonte primária. Com um acervo menor de estudos e pesquisas, essa Constituinte ganhou tanto um trabalho recente que é o de Pereira (2010), especialmente entre as páginas 171 e 202, e a republicação do livro de Francisco

---

[7] Isto não quer dizer que não pudesse haver outras vias de acesso à leitura e à escrita, tais como irmandades, organizações caritativas ou mesmo iniciativa própria.

Ignácio Marcondes Homem de Mello, *A Constituinte perante a História,* de 1863. Ambos auxiliam e ampliam o entendimento dos direitos do cidadão tais como postos na Constituição de 1824.

Sob esta Constituição, o Brasil conheceu a sua primeira lei geral da educação, de 15 de outubro de 1827, assinada pelo Imperador Pedro I, regulando a instrução primária. Ela abrangia apenas as vilas e os lugares mais populosos. Para as elites, o caráter limitado da educação se justificava também pelo fato de o país ter enormes dimensões, ser despovoado e com distâncias enormes.

Em 1834, o Brasil Imperial conhecerá uma mudança altamente significativa. O Ato Adicional (Lei nº 16, de 12.08.1834) reconhece certa autonomia das Províncias e uma divisão de recursos fiscais.

E, conforme o § 2º do artigo 10 desse Ato, houve a adoção de uma descentralização do ensino primário ao atribuir às províncias competência legislativa *sobre a instrução pública e estabelecimentos próprios a promovê-la.* Iniciava-se, em nosso país, ainda que imperial e centralizado, um federalismo educacional e, com ele, uma duplicidade de redes de ensino. O ensino superior, voltado para as elites, continuava competência dos poderes centrais dotados de impostos robustos. Já a instrução primária foi confiada às províncias com impostos de menor valor, resultando daí uma oferta dispersa e muito pouco abrangente.

O contexto de nosso sistema de educação escolar o fazia subordinado a um sistema sociopolítico oligárquico e elitista, o que fez com que os grupos dominantes se utilizassem da faculdade de dar instrução e educação para seus filhos ou em internatos ou no âmbito doméstico.

A República, proclamada em 1889, foi de novo um tempo de expectativas promissoras. Adotando um regime descentralizado, terá como forma o regime federativo no qual a dualidade União/Estados fica mantida. Tornados membros federativos, os Estados poderiam exercer sua autonomia legislativa dentro de uma sempre assinalada assimetria de condições econômicas, militares e políticas.

A Constituição de 1891 manteve um federalismo educacional quase nos mesmos termos do Ato Adicional e, ainda por cima, deixou a cargo da autonomia dos Estados declarar ou não a gratuidade (que não aparece na Constituição Federal de 1891) e a obrigatoriedade do ensino primário. Os Estados teriam autonomia para, dentro de seus territórios, financiar com seus recursos essa etapa da educação escolar. Legalmente, os Estados podiam criar instituições de ensino secundário e superior dentro dos seus espaços territoriais[8].

> Art. 35 - Incumbe, outrossim, ao Congresso, mas não privativamente:
>
> 1º) velar na guarda da Constituição e das leis e providenciar sobre as necessidades de caráter federal;
>
> 2º) animar no País o desenvolvimento das letras, artes e ciências, bem como a imigração, a agricultura, a indústria e comércio, sem privilégios que tolham a ação dos Governos locais;
>
> 3º) criar instituições de ensino superior e secundário nos Estados;
>
> 4º) prover a instrução secundária no Distrito Federal.

---

[8] Já há alguns estudos e pesquisas versando sobre tais Constituições estaduais. Para tanto, importa consultar no *site* da CAPES o *link* relativo a teses e dissertações sobre este assunto.

O único ponto em que a União interveio foi na questão da laicidade do ensino. A Constituição de 1891 determinava claramente, no § 6º do artigo 72, que "será leigo o ensino ministrado nos estabelecimentos públicos". E a retirada do ensino religioso dos currículos das escolas públicas foi um dos principais terrenos de conflitos envolvendo a relação Igreja Católica e Estado[9].

Registre-se que, só muito indiretamente, se pode dizer que a República de 1891 declarou a educação escolar como direito, além de não assinalar (como o fazia a de 1824) a gratuidade. Tais atribuições ficaram por conta dos Estados-membros.

Uma decorrência dessa evolução é a ausência de uma educação escolar que se assentasse minimamente na igualdade de oportunidades. Não interessava aos nossos grupos dominantes a construção de sistema educacional público democrático, seja porque nem o sistema social e nem o sistema político eram efetivamente democráticos, seja porque a educação escolar conteria em si a possibilidade de contestá-los.

Entre 1925-1926 houve uma Revisão Constitucional na qual se outorgaram maiores poderes à União à vista dos movimentos sociais e das relações de trabalho. No campo da educação, houve propostas no sentido do restabelecimento da gratuidade e do estabelecimento da obrigatoriedade do ensino primário em nível nacional. Na mesma ocasião, a bancada católica buscou restabelecer o ensino religioso (facultativo) nos estabelecimentos oficiais de ensino primário, como regra nacional. Nenhum desses projetos foi aprovado[10].

---

[9] Uma investigação sobre a educação na Constituinte de 1890-1891 e seu resultado na Constituição de 1891 foi feita por Cury (2001).

[10] Sobre esta revisão, cf. Cury (2003).

Em 1930, uma revolução pôs fim ao regime de 1891. A União passou a concentrar mais poderes, dando início a um federalismo centrípeto e interventor, com o governo provisório de Getúlio Vargas. Entre outras declarações de Vargas, havia a de convocar uma Assembleia Constituinte. A postergação desta convocação, aliada à deposição do candidato eleito (Júlio Prestes, paulista), desencadeou a denominada Revolução Paulista de 1932. Apesar do desfecho perdedor de São Paulo, o governo provisório encaminhou a proposta de uma Assembleia Constituinte. Foi nesse momento que houve uma enorme pressão no sentido de dotar o país de regras nacionais para a educação e que fossem postas na Constituição. Muitos grupos se dispuseram a inserir seus princípios nesta Constituição.

Tais pressões já vinham de antes e algumas delas eram consensuais, como a gratuidade em âmbito nacional nas escolas públicas e obrigatoriedade para todos dentro de uma certa faixa etária. Com efeito, as estatísticas educacionais revelavam um quadro desolador internamente quanto à escolarização de crianças e adolescentes entre 7 e 10 anos e, externamente, a comparação com países vizinhos, como Argentina, Uruguai e Chile, nos colocava em situação constrangedora. Mas não houve consenso quanto ao modo de se inserir o princípio da laicidade, o que determinou um conflito ideológico muito importante entre católicos e profissionais do ensino[11].

Em contrapartida, o processo de urbanização acompanhado de uma industrialização impunha a necessidade de padrões mínimos de escolaridade. A

---

[11] Cf. Cury (1978).

discussão em torno da gratuidade e da obrigatoriedade, à vista da situação precária em termos de acesso e de vagas, trouxe consigo a discussão de recursos para dar conta destas prestações educacionais.

Este debate não era extemporâneo. À época, o papel político do Estado no âmbito das relações econômicas e sociais era considerado indispensável. Pelo lado dos Estados Unidos, a crise de 1929 fez ressaltar o pensamento e as propostas de John Maynard Keynes sobre o planejamento. E, pelo lado da Rússia, o planejamento centralizado já se fazia presente. Eis porque o debate sobre os recursos para a educação, mas não só, se pautava em torno das fontes financeiras, ou seja, de onde viriam os recursos e do modo de gestão deles. Como decorrência, não era um debate fora de época, o advento de um plano nacional de educação que regrasse uma vinculação de impostos, em termos percentuais, para fazer frente aos desafios da gratuidade e da obrigatoriedade[12].

A Constituição de 1934, garantida a autonomia dos Estados e o sistema federativo, impõe para todos os Estados e Municípios a instrução primária gratuita e obrigatória no ensino oficial, a vinculação de impostos para o financiamento, sobretudo via Plano Nacional de Educação, assumindo a educação como direito entre outras diretrizes gerais para todos os entes federativos.

Essas realidades se apoiam em um federalismo educacional, no qual as diretrizes e bases da educação nacional são da alçada da União, bem como a rede de ensino superior federal e o ensino superior da rede

---

[12] Para efeito de aprofundamento deste importante período, cf. M. Rocha (1996).

privada. Assim, compete aos Estados e aos Municípios a efetivação do direito à educação no âmbito do que hoje chamamos de educação básica, embora, concorrentemente, os Estados possam investir no ensino secundário e no superior. Veja-se, pois, o capítulo de Educação nesta Constituição:

> Art. 148 - Cabe à União, aos Estados e aos Municípios favorecer e animar o desenvolvimento das ciências, das artes, das letras e da cultura em geral, proteger os objetos de interesse histórico e o patrimônio artístico do País, bem como prestar assistência ao trabalhador intelectual.
>
> Art. 149 - A educação é direito de todos e deve ser ministrada, pela família e pelos Poderes Públicos, cumprindo a estes proporcioná-la a brasileiros e a estrangeiros domiciliados no País, de modo que possibilite eficientes fatores da vida moral e econômica da Nação, e desenvolva num espírito brasileiro a consciência da solidariedade humana.
>
> Art. 150 - Compete à União:
>
> a) fixar o plano nacional de educação, compreensivo do ensino de todos os graus e ramos, comuns e especializados; e coordenar e fiscalizar a sua execução, em todo o território do País;
>
> b) determinar as condições de reconhecimento oficial dos estabelecimentos de ensino secundário e complementar deste e dos institutos de ensino superior, exercendo sobre eles a necessária fiscalização;
>
> c) organizar e manter, nos Territórios, sistemas educativos apropriados aos mesmos;
>
> d) manter no Distrito Federal ensino secundário e complementar deste, superior e universitário;
>
> e) exercer ação supletiva, onde se faça necessária, por deficiência de iniciativa ou de recursos e estimular a

obra educativa em todo o País, por meio de estudos, inquéritos, demonstrações e subvenções.

Parágrafo único - O plano nacional de educação constante de lei federal, nos termos dos arts. 5º, nº XIV, e 39, nº 8, letras *a* e *e*, só se poderá renovar em prazos determinados, e obedecerá às seguintes normas:

a) ensino primário integral gratuito e de freqüência obrigatória extensivo aos adultos;

b) tendência à gratuidade do ensino educativo ulterior ao primário, a fim de o tornar mais acessível;

c) liberdade de ensino em todos os graus e ramos, observadas as prescrições da legislação federal e da estadual;

d) ensino, nos estabelecimentos particulares, ministrado no idioma pátrio, salvo o de línguas estrangeiras;

e) limitação da matrícula à capacidade didática do estabelecimento e seleção por meio de provas de inteligência e aproveitamento, ou por processos objetivos apropriados à finalidade do curso;

f) reconhecimento dos estabelecimentos particulares de ensino somente quando assegurarem a seus professores a estabilidade, enquanto bem servirem, e uma remuneração condigna.

Art. 151 - Compete aos Estados e ao Distrito Federal organizar e manter sistemas educativos nos territórios respectivos, respeitadas as diretrizes estabelecidas pela União.

Art. 152 - Compete precipuamente ao Conselho Nacional de Educação, organizado na forma da lei, elaborar o plano nacional de educação para ser aprovado pelo Poder Legislativo e sugerir ao Governo as medidas que julgar necessárias para a melhor solução dos problemas educativos bem como a distribuição adequada dos fundos especiais.

Parágrafo único - Os Estados e o Distrito Federal, na forma das leis respectivas e para o exercício da sua competência na matéria, estabelecerão Conselhos de Educação com funções similares às do Conselho Nacional de Educação e departamentos autônomos de administração do ensino.

Art. 153 - O ensino religioso será de frequência facultativa e ministrado de acordo com os princípios da confissão religiosa do aluno manifestada pelos pais ou responsáveis e constituirá matéria dos horários nas escolas públicas primárias, secundárias, profissionais e normais.

Art. 154 - Os estabelecimentos particulares de educação, gratuita primária ou profissional, oficialmente considerados idôneos, serão isentos de qualquer tributo.

Art. 155 - É garantida a liberdade de cátedra.

Art. 156 - A União e os Municípios aplicarão nunca menos de dez por cento, e os Estados e o Distrito Federal nunca menos de vinte por cento, da renda resultante dos impostos na manutenção e no desenvolvimento dos sistemas educativos.

Parágrafo único - Para a realização do ensino nas zonas rurais, a União reservará no mínimo, vinte por cento das cotas destinadas à educação no respectivo orçamento anual.

Art. 157 - A União, os Estados e o Distrito Federal reservarão uma parte dos seus patrimônios territoriais para a formação dos respectivos fundos de educação.

§ 1º - As sobras das dotações orçamentárias acrescidas das doações, percentagens sobre o produto de vendas de terras públicas, taxas especiais e outros recursos financeiros, constituirão, na União, nos Estados e nos Municípios, esses fundos especiais, que serão aplicados exclusivamente em obras educativas, determinadas em lei.

§ 2º - Parte dos mesmos fundos se aplicará em auxílios a alunos necessitados, mediante fornecimento gratuito de material escolar, bolsas de estudo, assistência alimentar, dentária e médica, e para vilegiaturas.

Art. 158 - É vedada a dispensa do concurso de títulos e provas no provimento dos cargos do magistério oficial, bem como, em qualquer curso, a de provas escolares de habilitação, determinadas em lei ou regulamento.

§ 1º - Podem, todavia, ser contratados, por tempo certo, professores de nomeada, nacionais ou estrangeiros.

§ 2º - Aos professores nomeados por concurso para os institutos oficiais cabem as garantias de vitaliciedade e de inamovibilidade nos cargos, sem prejuízo do disposto no Título VII. Em casos de extinção da cadeira, será o professor aproveitado na regência de outra, em que se mostre habilitado.

Assim, a Constituição de 1934 trouxe grandes avanços como a gratuidade e a obrigatoriedade do ensino primário, o plano nacional de educação e a institucionalização dos conselhos de educação. E, para que essas medidas se tornassem efetivas, adotou-se a obrigatoriedade de destinar um percentual dos impostos para a educação, percentuais diferentes para a União, Estados e Municípios. Tal determinação sempre vigorou quando o país usufruiu de regimes democráticos e a perdeu toda vez que esteve sob regimes autoritários[13].

Esta Constituição trouxe, também, a constitucionalização do Conselho Nacional de Educação (CNE), que se deu por meio do artigo 152 da Constituição Federal de 1934, onde se lê:

---

[13] A vinculação não existiu na Constituição de 1891, foi perdida em 1937 e em 1967.

> Art. 152 - Compete precipuamente ao Conselho Nacional de Educação, organizado na forma da lei, elaborar o plano nacional de educação para ser aprovado pelo Poder Legislativo e sugerir ao Governo as medidas que julgar necessárias para a melhor solução dos problemas educativos bem como a distribuição adequada dos fundos especiais.
>
> Parágrafo único - Os Estados e o Distrito Federal, na forma das leis respectivas e para o exercício da sua competência na matéria, estabelecerão Conselhos de Educação com funções similares às do Conselho Nacional de Educação e departamentos autônomos de administração do ensino.

O Plano Nacional de Educação (PNE), função desse Conselho, será elaborado pelo CNE desde 1935, embora não haja sido nem discutido e votado pelo Congresso Nacional devido ao golpe de 1937.

Isso significa que, ao lado da função consultiva, a Constituição atribui ao CNE a função técnica de elaborar o Plano Nacional de Educação e de medidas complementares para os problemas educacionais, aí compreendida a distribuição de recursos de fundos especiais[14]. Afinal, a Constituição determinara, no artigo 156, percentuais para a educação vinculados a impostos.

> A União e os Municípios aplicarão nunca menos de dez por cento, e os Estados e o Distrito Federal nunca menos de vinte por cento, da renda resultante dos impostos, na manutenção e no desenvolvimento dos sistemas educativos.

---

[14] A questão de um PNE foi largamente discutida na Assembleia Constituinte. Cf. referências em Cury (1978, p. 118-119).

Quanto aos fundos de educação, a União, os Estados e o Distrito Federal deveriam reservar "parte de seus patrimônios territoriais" (cf. art. 157) para esse fim. Para as obras educativas determinadas em lei, haveria fundos especiais constituídos por "sobras das dotações orçamentárias, doações, percentagens sobre o produto de vendas de terras públicas e taxas especiais". Parte desses fundos deveria ser aplicada no auxílio a "alunos necessitados" para material didático, bolsas de estudos, assistência médico-odontológica e casas de férias[15].

Pontes de Miranda (1937, p. 409-410) assim interpreta esse artigo:

> [...] o que o Conselho Nacional de Educação sugere é o que não está no Plano, mas serve à execução dele, desde que não seja preciso lei. Se for preciso lei, sugere o Conselho Nacional de Educação ao Poder Legislativo a modificação do Plano ou a lei que o complemente.

Segundo esse jurista, o Conselho Nacional de Educação não precisaria se subordinar às regras dos Conselhos Técnicos, inclusive em sua composição, já que o artigo 102, § 2º, determinava que metade dos membros desses Conselhos deveria ser composta por especialistas e "estranhas aos quadros do funcionalismo do respectivo Ministério".

---

[15] Sobre esses Fundos, cf. Lei nº 378, de 15 de janeiro de 1937; o Decreto nº 4.958, de 12 de novembro de 1942; o Decreto nº 5.293, de 1º de março de 1943; o Decreto-Lei nº 6.785, de 11 de agosto de 1944, e o Decreto-Lei nº 19.513, de 25 de agosto de 1945.

Para se entender melhor esse dispositivo, é preciso mencionar que a Constituição de 1934, no seu artigo 91, dispunha como competência do Senado:

> V - organizar, com a colaboração dos Conselhos Técnicos, ou dos planos dos Conselhos Gerais em que eles se agruparem, os planos de solução dos problemas nacionais; [...]

Mais adiante, ela reservará aos Conselhos Técnicos a Secção III (Dos Conselhos Técnicos) do Capítulo VI, que trata dos Órgãos de Cooperação nas Atividades Governamentais. Essa secção tem um só artigo:

> Art 103 - Cada Ministério será assistido por um ou mais Conselhos Técnicos, coordenados, segundo a natureza dos seus trabalhos, em Conselhos Gerais, como órgão consultivo da Câmara dos Deputados e do Senado Federal.
>
> § 1º - A lei ordinária regulará a composição, o funcionamento e a competência dos Conselhos Técnicos e dos Conselhos Gerais.
>
> § 2º - Metade, pelo menos, de cada Conselho será composta de pessoas especializadas, estranhas aos quadros do funcionalismo do respectivo Ministério.
>
> § 3º - Os membros dos Conselhos Técnicos não perceberão vencimentos pelo desempenho do cargo, podendo, porém, vencer uma diária pelas sessões, a que comparecerem.
>
> § 4º - É vedado a qualquer Ministro tomar deliberação, em matéria da sua competência exclusiva, contra o parecer unânime do respectivo Conselho.

À época, além de uma certa desconfiança com relação às competências dos parlamentos quanto à sua capacidade de enfrentar os novos processos produtivos e as crises, além da tendência a valorizar as representações corporativo-profissionais, havia uma forte orientação em prol do planejamento. A ideia de planejamento provinha tanto, no eixo capitalista, do modelo keynesiano, quanto, no eixo socialista, do modelo de planejamento centralizado. Em ambos os casos, projeta-se o papel interventor do Estado. Vem daí a valorização e a presença do técnico nos programas planejados do Estado.

Desse modo, com o golpe de Estado de 1937 e sua Constituição outorgada, o Estado passou, oficialmente, a ter um papel subsidiário com relação à educação e o papel proeminente coube à família e ao ensino privado, mesmo declarando o ensino primário gratuito e obrigatório. Cumpre citar dois artigos dessa Constituição:

> Art. 125 - A educação integral da prole é o primeiro dever e direito natural dos pais. O Estado não será estranho a esse dever, colaborando, de maneira principal ou subsidiária, para facilitar sua execução ou suprir as deficiências e lacunas da educação particular.
> [...]
> Art. 129 - À infância e à juventude , a que faltarem os recursos necessários à educação em instituições particulares, é dever da Nação, dos Estados e dos Municípios assegurar pela fundação de instituições públicas de ensino em todos os seus graus, a possibilidade de receber uma educação adequada às suas faculdades, aptidões e tendências vocacionais.

Nesse período foram outorgadas várias leis orgânicas referentes ao ensino secundário, ao ensino normal (formação de mestres para o ensino primário) e ao ensino profissional. A lei orgânica do ensino primário só veio à luz na transição entre um regime e outro[16].

Na proclamação à nação em 10 de novembro de 1937, comunicando a ditadura do Estado Novo, o Governo instalado deixava claro que o ordenamento jurídico baseado na Constituição de 1934

> dispersou as responsabilidades entre os diversos poderes, de tal sorte que o rendimento do aparelho de Estado ficou reduzido ao mínimo e sua eficiência sofreu danos irreparáveis, continuamente expostos à influência dos interesses personalistas e das composições políticas eventuais.

Com a deposição da ditadura do Estado Novo em 1945, os princípios da educação postos na Constituição de 1934 retornaram ao texto da Constituição de 1946[17].

> Art. 166 - A educação é direito de todos e será dada no lar e na escola. Deve inspirar-se nos princípios de liberdade e nos ideais de solidariedade humana.
>
> Art. 167 - O ensino dos diferentes ramos será ministrado pelos Poderes Públicos e é livre à iniciativa particular, respeitadas as leis que o regulem.
>
> Art. 168 - A legislação do ensino adotará os seguintes princípios:
>
> I - o ensino primário é obrigatório e só será dado na língua nacional;
>
> II - o ensino primário oficial é gratuito para todos; o ensino oficial ulterior ao primário sê-lo-á para quantos provarem falta ou insuficiência de recursos;

---

[16] Sobre este período, cf. Horta (2012).

[17] Sobre esta Constituinte, cf. Oliveira (1996).

III - as empresas industriais, comerciais e agrícolas, em que trabalhem mais de cem pessoas, são obrigadas a manter ensino primário gratuito para os seus servidores e os filhos destes;

IV - as empresas industrias e comerciais são obrigadas a ministrar, em cooperação, aprendizagem aos seus trabalhadores menores, pela forma que a lei estabelecer, respeitados os direitos dos professores;

V - o ensino religioso constitui disciplina dos horários das escolas oficiais, é de matrícula facultativa e será ministrado de acordo com a confissão religiosa do aluno, manifestada por ele, se for capaz, ou pelo seu representante legal ou responsável;

VI - para o provimento das cátedras, no ensino secundário oficial e no superior oficial ou livre, exigir-se-á concurso de títulos e provas. Aos professores, admitidos por concurso de títulos e provas, será assegurada a vitaliciedade;

VII - é garantida a liberdade de cátedra.

Art. 169 - Anualmente, a União aplicará nunca menos de dez por cento, e os Estados, o Distrito Federal e os Municípios nunca menos de vinte por cento da renda resultante dos impostos na manutenção e desenvolvimento do ensino.

Art. 170 - A União organizará o sistema federal de ensino e o dos Territórios.

Parágrafo único - O sistema federal de ensino terá caráter supletivo, estendendo-se a todo o País nos estritos limites das deficiências locais.

Art. 171 - Os Estados e o Distrito Federal organizarão os seus sistemas de ensino.

Parágrafo único - Para o desenvolvimento desses sistemas a União cooperará com auxílio pecuniário, o qual, em relação ao ensino primário, provirá do respectivo Fundo Nacional.

Art. 172 - Cada sistema de ensino terá obrigatoriamente serviços de assistência educacional

> que assegurem aos alunos necessitados condições de eficiência escolar.
>
> Art. 173 - As ciências, as letras e as artes são livres.
>
> Art. 174 - O amparo à cultura é dever do Estado.
>
> Parágrafo único - A lei promoverá a criação de institutos de pesquisas, de preferência junto aos estabelecimentos de ensino superior.
>
> Art. 175 - As obras, monumentos e documentos de valor histórico e artístico, bem como os monumentos naturais, as paisagens e os locais dotados de particular beleza ficam sob a proteção do Poder Público.

Entre 1946 e 1961, o que tomou conta de tudo foi a elaboração das Diretrizes e Bases da Educação Nacional sob a forma de lei. No início dos debates o foco era centralização *versus* descentralização (ou seja o regime federativo). Contudo, entre 1959 e 1961, o debate ficou mais caloroso, já que o foco foi ensino público *versus* ensino privado. Finalmente, já sob o regime parlamentarista, veio à luz a Lei nº 4.024/61, que confirmou a gratuidade, a obrigatoriedade, a vinculação orçamentária e o Plano Nacional de Educação. E também contemplou várias demandas do ensino privado como possibilidade de recursos públicos e o ensino religioso nas escolas oficiais. Desse modo, a organização da educação nacional continuava a se desenhar por um federalismo bastante dependente dos setores ligados à economia e à divisão dos impostos.

Entretanto, poucos anos depois, sobreveio o golpe de 1964 e a instauração do regime militar com cerceamento da democracia.

A Constituição de 1967 ampliou a educação obrigatória para 8 anos, mas, ao mesmo tempo, retirou a vinculação obrigatória do percentual dos impostos para a educação. Tal vinculação passou a existir somente em 1969 e para os Municípios. Isso determinou uma expressiva queda dos recursos para a educação, um arrocho nos salários dos professores, uma censura nos currículos e o índice de evasão e repetência subiu atingindo especialmente as populações urbanas das periferias. E a lei que estabelecia um regime do ensino secundário (agora denominado de ensino de segundo grau) profissionalizante, compulsório e universal para a faixa de 15 a 17 anos foi um fracasso. Na verdade, a lei visava uma formação tecnicista para o mercado de trabalho abandonando a ideia de que esses jovens se imbuíssem de uma consciência crítica[18].

A luta pela redemocratização do país encontrou no corpo docente um ator vigoroso e que se uniu com muitos outros sujeitos coletivos, como os movimentos sociais. Essa luta desembocou na Constituinte de 1987-1988, a qual contou com uma inédita participação da sociedade civil. No fundo, além da garantia dos direitos civis e políticos, o grande anseio era pelos direitos sociais.

Contudo, esse avanço é assim porque os que por ele lutaram se viram diante de uma dramática situação fática indicadora de estruturas e realidades inaceitáveis, denunciadas pelos mais consistentes trabalhos que confirmam os frios e cortantes números das estatísticas do Instituto Nacional de Estudos e Pesquisas Educacionais (INEP); Instituto Brasileiro de Geografia e Estatística (IBGE); Instituto de Pesquisa Econômica Aplicada (IPEA), das Secretarias de Educação, de órgãos internacionais e de algumas organizações da sociedade civil.

[18] Sobre esta Constituinte, cf. Horta (1996).

A Constituição da República de 1988 reconheceu o direito à educação como o primeiro dos direitos sociais (art. 6º), assim como um direito do cidadão e dever do Estado (art. 205). E, por essa razão, estabeleceu princípios, diretrizes, regras, recursos vinculados e planos, de modo a dar substância a esse direito. Ao explicitar esse direito, elencou elencou as formas de realizá-lo tais como gratuidade e obrigatoriedade com qualidade e com proteção legal, ampliada e com instrumentos jurídicos postos à disposição dos cidadãos, cria prerrogativas próprias para as pessoas em virtude das quais elas passam a usufruir de ou exigir algo que lhes pertence como tal.

Nesse momento de ruptura com essas estruturas arcaicas, a Constituição impôs novos contornos organizacionais em vista de uma educação democrática própria da cidadania. Veja-se o capítulo da educação em sua versão atual:

> Art. 205. A educação, direito de todos e dever do Estado e da família, será promovida e incentivada com a colaboração da sociedade, visando ao pleno desenvolvimento da pessoa, seu preparo para o exercício da cidadania e sua qualificação para o trabalho.
>
> Art. 206. O ensino será ministrado com base nos seguintes princípios:
>
> I - igualdade de condições para o acesso e permanência na escola;
>
> II - liberdade de aprender, ensinar, pesquisar e divulgar o pensamento, a arte e o saber;
>
> III - pluralismo de idéias e de concepções pedagógicas, e coexistência de instituições públicas e privadas de ensino;

IV - gratuidade do ensino público em estabelecimentos oficiais;

V - valorização dos profissionais da educação escolar, garantidos, na forma da lei, planos de carreira, com ingresso exclusivamente por concurso público de provas e títulos, aos das redes públicas; (*Redação dada pela Emenda Constitucional nº 53, de 2006*)

VI - gestão democrática do ensino público, na forma da lei;

VII - garantia de padrão de qualidade.

VIII - piso salarial profissional nacional para os profissionais da educação escolar pública, nos termos de lei federal. (*Incluído pela Emenda Constitucional nº 53, de 2006*)

Parágrafo único. A lei disporá sobre as categorias de trabalhadores considerados profissionais da educação básica e sobre a fixação de prazo para a elaboração ou adequação de seus planos de carreira, no âmbito da União, dos Estados, do Distrito Federal e dos Municípios. (*Incluído pela Emenda Constitucional nº 53, de 2006*)

Art. 207. As universidades gozam de autonomia didático-científica, administrativa e de gestão financeira e patrimonial, e obedecerão ao princípio de indissociabilidade entre ensino, pesquisa e extensão.

§ 1º É facultado às universidades admitir professores, técnicos e cientistas estrangeiros, na forma da lei. (*Incluído pela Emenda Constitucional nº 11, de 1996*)

§ 2º O disposto neste artigo aplica-se às instituições de pesquisa científica e tecnológica. (*Incluído pela Emenda Constitucional nº 11, de 1996*)

Art. 208. O dever do Estado com a educação será efetivado mediante a garantia de:

I - educação básica obrigatória e gratuita dos 4 (quatro) aos 17 (dezessete) anos de idade, assegurada inclusive sua oferta gratuita para todos os que a ela não tiveram acesso na idade própria; (Redação dada pela Emenda Constitucional nº 59, de 2009) (*Vide Emenda Constitucional nº 59, de 2009*)

II - progressiva universalização do ensino médio gratuito; (*Redação dada pela Emenda Constitucional nº 14, de 1996*)

III - atendimento educacional especializado aos portadores de deficiência, preferencialmente na rede regular de ensino;

IV - educação infantil, em creche e pré-escola, às crianças até 5 (cinco) anos de idade; (*Redação dada pela Emenda Constitucional nº 53, de 2006*)

V - acesso aos níveis mais elevados do ensino, da pesquisa e da criação artística, segundo a capacidade de cada um;

VI - oferta de ensino noturno regular, adequado às condições do educando;

VII - atendimento ao educando, em todas as etapas da educação básica, por meio de programas suplementares de material didático escolar, transporte, alimentação e assistência à saúde. (*Redação dada pela Emenda Constitucional nº 59, de 2009*)

§ 1º - O acesso ao ensino obrigatório e gratuito é direito público subjetivo.

§ 2º - O não-oferecimento do ensino obrigatório pelo Poder Público, ou sua oferta irregular, importa responsabilidade da autoridade competente.

§ 3º - Compete ao Poder Público recensear os educandos no ensino fundamental, fazer-lhes a chamada e zelar, junto aos pais ou responsáveis, pela freqüência à escola.

Art. 209. O ensino é livre à iniciativa privada, atendidas as seguintes condições:

I - cumprimento das normas gerais da educação nacional;

II - autorização e avaliação de qualidade pelo Poder Público.

Art. 210. Serão fixados conteúdos mínimos para o ensino fundamental, de maneira a assegurar formação básica comum e respeito aos valores culturais e artísticos, nacionais e regionais.

§ 1º - O ensino religioso, de matrícula facultativa, constituirá disciplina dos horários normais das escolas públicas de ensino fundamental.

§ 2º - O ensino fundamental regular será ministrado em língua portuguesa, assegurada às comunidades indígenas também a utilização de suas línguas maternas e processos próprios de aprendizagem.

Art. 211. A União, os Estados, o Distrito Federal e os Municípios organizarão em regime de colaboração seus sistemas de ensino.

§ 1º A União organizará o sistema federal de ensino e o dos Territórios, financiará as instituições de ensino públicas federais e exercerá, em matéria educacional, função redistributiva e supletiva, de forma a garantir equalização de oportunidades educacionais e padrão mínimo de qualidade do ensino mediante assistência técnica e financeira aos Estados, ao Distrito Federal e aos Municípios; (*Redação dada pela Emenda Constitucional nº 14, de 1996*)

§ 2º Os Municípios atuarão prioritariamente no ensino fundamental e na educação infantil. (*Redação dada pela Emenda Constitucional nº 14, de 1996*)

§ 3º Os Estados e o Distrito Federal atuarão prioritariamente no ensino fundamental e médio. (*Incluído pela Emenda Constitucional nº 14, de 1996*)

§ 4º Na organização de seus sistemas de ensino, a União, os Estados, o Distrito Federal e os Municípios definirão formas de colaboração, de modo a assegurar a universalização do ensino obrigatório. (*Redação dada pela Emenda Constitucional nº 59, de 2009*)

§ 5º A educação básica pública atenderá prioritariamente ao ensino regular. (*Incluído pela Emenda Constitucional nº 53, de 2006*)

Art. 212. A União aplicará, anualmente, nunca menos de dezoito, e os Estados, o Distrito Federal e os Municípios vinte e cinco por cento, no mínimo, da receita resultante de impostos, compreendida a proveniente de transferências, na manutenção e desenvolvimento do ensino.

§ 1º - A parcela da arrecadação de impostos transferida pela União aos Estados, ao Distrito Federal e aos Municípios, ou pelos Estados aos respectivos Municípios, não é considerada, para efeito do cálculo previsto neste artigo, receita do governo que a transferir.

§ 2º - Para efeito do cumprimento do disposto no "caput" deste artigo, serão considerados os sistemas de ensino federal, estadual e municipal e os recursos aplicados na forma do art. 213.

§ 3º A distribuição dos recursos públicos assegurará prioridade ao atendimento das necessidades do ensino obrigatório, no que se refere a universalização, garantia de padrão de qualidade e equidade, nos termos do plano nacional de educação. (*Redação dada pela Emenda Constitucional nº 59, de 2009*)

§ 4º - Os programas suplementares de alimentação e assistência à saúde previstos no art. 208, VII, serão financiados com recursos provenientes de contribuições sociais e outros recursos orçamentários.

§ 5º A educação básica pública terá como fonte adicional de financiamento a contribuição social do salário-educação, recolhida pelas empresas na forma da lei. (*Redação dada pela Emenda Constitucional nº 53, de 2006*) (*Vide Decreto nº 6.003, de 2006*)

§ 6º As cotas estaduais e municipais da arrecadação da contribuição social do salário-educação serão distribuídas proporcionalmente ao número de alunos matriculados na educação básica nas respectivas redes públicas de ensino. (*Incluído pela Emenda Constitucional nº 53, de 2006*)

Art. 213. Os recursos públicos serão destinados às escolas públicas, podendo ser dirigidos a escolas comunitárias, confessionais ou filantrópicas, definidas em lei, que:

I - comprovem finalidade não-lucrativa e apliquem seus excedentes financeiros em educação;

II - assegurem a destinação de seu patrimônio a outra escola comunitária, filantrópica ou confessional, ou ao Poder Público, no caso de encerramento de suas atividades.

§ 1º - Os recursos de que trata este artigo poderão ser destinados a bolsas de estudo para o ensino fundamental e médio, na forma da lei, para os que demonstrarem insuficiência de recursos, quando houver falta de vagas e cursos regulares da rede pública na localidade da residência do educando, ficando o Poder Público obrigado a investir prioritariamente na expansão de sua rede na localidade.

§ 2º - As atividades universitárias de pesquisa e extensão poderão receber apoio financeiro do Poder Público.

Art. 214. A lei estabelecerá o plano nacional de educação, de duração decenal, com o objetivo de articular o sistema nacional de educação em regime de colaboração e definir diretrizes, objetivos, metas e estratégias de implementação para assegurar a manutenção e desenvolvimento do ensino em seus diversos níveis, etapas e modalidades por meio de ações integradas dos poderes públicos das diferentes esferas federativas que conduzam a: *(Redação dada pela Emenda Constitucional nº 59, de 2009)*

I - erradicação do analfabetismo;

II - universalização do atendimento escolar;

III - melhoria da qualidade do ensino;

IV - formação para o trabalho;

V - promoção humanística, científica e tecnológica do País.

> VI - estabelecimento de meta de aplicação de recursos públicos em educação como proporção do produto interno bruto. (*Incluído pela Emenda Constitucional nº 59, de 2009*)

Porém, para fazer da educação um direito de todos, era imprescindível que houvesse algo de *comum* ou universal como expressão da educação *básica*. O *status quo* da escola existente até então não atendia à exigência de elevação quantitativa e qualitativa de novos padrões de uma educação escolar pela qual se cooperasse, de modo organizado e sistemático, na criação de uma "vontade geral democrática" até então inexistente no país.

Esse espírito foi traduzido pelo *conceito* de **educação básica**, *conceito novo* expresso em uma declaração de *direito* de todos a ser realizado em uma educação escolar que contivesse elementos *comuns*. De um lado, o combate à desigualdade, à discriminação e à intolerância, de outro, o apontamento das finalidades maiores da educação escolar, inclusive pelo princípio da *gestão democrática*.

A noção de *comum* associada à *educação básica* é um direito que intenciona o aprendizado de saberes válidos para toda e qualquer pessoa e responde a necessidades educativas do desenvolvimento humano como um patrimônio cultural. O comum vai mais além de um para todos, reportando-se a conhecimentos científicos válidos, à igualdade, à democracia, à cidadania e aos direitos humanos.

Entretanto, o conceito de educação básica também incorporou a si, na legislação, a diferença enquanto direito. O reconhecimento da diferença na escolaridade supõe a igualdade e é factível com ela. A igualdade cruza com a equidade, toma a si a formalização legal da abertura e da consideração de determinados grupos sociais como as pessoas deficientes, os jovens e adultos que não tiveram oportunidade de se escolarizar na idade própria, os descendentes dos escravos e os povos indígenas. Muitas vezes vítimas de estereótipos, preconceitos e discriminações, cabe à instituição escolar desconstruí-los tanto pelo seu papel socializador quanto pelo seu papel de transmissão de conhecimentos científicos, verazes e significativos para todos.

O Brasil, por exemplo, reconhece o ensino fundamental como um direito juridicamente protegido desde 1934. E passou a reconhecê-lo como direito público subjetivo desde 1988.

De acordo com Dabin (1952, p. 191) ensina-se que:

> O direito subjetivo é a prerrogativa concedida a uma pessoa pelo direito objetivo e que consiste em uma permissão juridicamente protegida de dispor, como senhor de si, de um bem que lhe é reconhecido pertencer como sendo seu ou como lhe sendo devido. (livre tradução)

A Constituição Federal, inicialmente, só reconheceu o ensino fundamental como direito público subjetivo. A partir de 2009, excetuada a creche (primeira etapa da educação infantil), todas as outras etapas da educação básica se tornaram direito público subjetivo.

> É com o nascimento do Estado de Direito que ocorre a passagem final do ponto de vista do príncipe para o ponto de vista dos cidadãos. No Estado despótico, os indivíduos singulares só têm deveres e não direitos. No Estado absoluto, os indivíduos possuem, em relação

> ao soberano, direitos privados. No Estado de Direito, o indivíduo tem, em face do Estado, não só direitos privados, mas também direitos públicos. O Estado de Direito é o Estado dos cidadãos. (BOBBIO, 1992, p. 61)

Desse modo, essas etapas da Educação básica se tornaram obrigatórias para as pessoas de 7 a 14 anos, gratuitas para todos e, quem não tiver tido acesso as estas etapas da escolaridade, na inexistência de vaga disponível, pode recorrer à justiça e exigir sua vaga, tal é a marca na proteção trazida pelo fato de ser direito público subjetivo. O direito público subjetivo está amparado tanto pelo princípio que ele o é assim por seu caráter de base (o ensino fundamental é etapa da Educação Básica) e por sua orientação finalística (art. 205 da Constituição Federal), quanto por uma sanção explícita para os responsáveis (governantes ou pais) quando de sua negação ou omissão para o indivíduo-cidadão. Para os anos obrigatórios, não há discriminação de idade. Qualquer jovem, adulto ou idoso tem este direito e pode exigi-lo a qualquer momento perante as autoridades competentes.

Assim o direito público subjetivo explicita claramente a vinculação substantiva e jurídica entre seu titular e o sujeito do dever. Na prática, isto significa que o titular de um direito público subjetivo tem assegurada a defesa, a proteção e a efetivação imediata desse direito quando negado. Qualquer criança ou adulto que não tenha entrado no ensino fundamental pode exigi-lo e o juiz deve deferir imediatamente, obrigando as autoridades constituídas a cumpri-lo sem mais demora. O não cumprimento por parte das autoridades implica *responsabilidade da autoridade competente* (art. 208, § 2º).

Eis porque ao lado e consequente à exigibilidade, especialmente quando da omissão do Executivo, o Judiciário passou a ter importante papel na efetivação desse direito. O Estatuto da Criança e do Adolescente, Lei nº 8.069, é outro apoio para tal exigibilidade. Como diz Ferreira (2010, p. 55),

> Inaugurou-se no Poder Judiciário uma nova relação com a educação, que se materializou através de ações judiciais visando a sua garantia e efetividade. Pode-se designar este fenômeno como a JUDICIALIZAÇÃO DA EDUCAÇÃO, que significa a intervenção do Poder Judiciário nas questões educacionais em vista da proteção desse direito até mesmo para se cumprir as funções constitucionais do Ministério Público e outras instituições legitimadas.

Porém, um quadro da educação brasileira não ficaria completo sem apontar dois importantes e significativos fatores: o sistema federativo do país e o regime de fundos para financiamento.

A Constituição Federal de 1988 reconhece o Brasil como uma República Federativa formada pela *União indissolúvel dos Estados e Municípios e do Distrito Federal* (art. 1º da Constituição), e, ao se estruturar assim, o faz sob o princípio da cooperação recíproca.

Um país federativo supõe o compartilhamento do poder e a autonomia relativa das circunscrições federadas em competências próprias de suas iniciativas. Supõe, também, a necessidade de um certo grau de unidade central, sem amordaçar a diversidade regional e/ou local. E, na forma federativa adotada pela Constituição Federal de 1988, com 27 Estados e mais de 5.500 Municípios, só a realização do *sistema federativo por cooperação recíproca*, constitucionalmente previsto, poderá encontrar os caminhos para superar os entraves e os problemas que atingem a educação escolar em nosso país. E esse federalismo impõe atribuições diversas sob a forma de competências privativas, concorrentes e comuns dos entes federativos e entre estes, o que torna a satisfação do direito à educação uma realidade bastante complexa e de difícil gestão. Ocorre que o regime de cooperação recíproca até hoje não foi regulamentado, apesar de constar da Constituição a necessidade de estabelecê-lo mediante uma lei complementar. Em contrapartida, tal diversidade, dentro de um país continental, expressa uma diferenciação entre as várias regiões do país e, mesmo dentro de um Estado, em termos da plenitude do direito à educação. Essa realidade torna a gestão da educação muito complexa, visto o número de sujeitos e de arenas que podem tomar decisões dentro do campo educacional. E essa gestão fica mais complicada, dada a posição supletiva da União em várias matérias da educação escolar no campo da Educação Básica.

Como se trata, porém, de um direito reconhecido, é preciso que ele seja garantido e, para isso, a primeira garantia é que ele esteja inscrito no coração de nossas escolas, cercado de todas as condições. Uma dessas condições é o financiamento. Atualmente, a União deve investir 18% e os Estados e Municípios 25% de seus impostos em educação. Entretanto, para que esse recurso seja efetivamente aplicado e na finalidade que lhe é própria, há uma subvinculação obrigatória para a Educação Básica. Trata-se de um fundo contábil que reúne recursos da União, Estados e Municípios e dos quais 60% devem ser voltados para os salários dos docentes. Para acompanhar o destino dos recursos, constitui-se obrigatoriamente um Conselho de Acompanhamento e Fiscalização.

Agora, mediante a Emenda Constitucional nº 59/09 e a aprovação do Plano Nacional de Educação, a referência do financiamento é a do Produto Interno Bruto (PIB), a qual, em 10 anos, a partir de 2014, deverá alcançar 10% deste, a fim de que a educação de qualidade seja uma realidade.

Ainda uma palavra sobre um programa de transferência direta de renda bastante importante. A transferência de renda busca promover o alívio imediato da pobreza. As condicionalidades reforçam o acesso a direitos sociais básicos nas áreas de educação, saúde e assistência social. Desse modo, para fazer jus ao programa, a criança deve estar matriculada no Ensino Fundamental e deve ser um aluno assíduo e estar com as vacinas de saúde em dia. A gestão do Bolsa Família é descentralizada e compartilhada por União, Estados, Distrito Federal e Municípios. Hoje são 12 milhões de famílias atendidas pelo Bolsa Família.

Do Direito à Educação e Federalismo

Os países com dimensão continental tendem a se regular por regimes federativos. É o caso do Brasil, da Rússia, do Canadá, da Austrália, por exemplo. Há países de dimensões menores, como a Bélgica, ou de médio porte, como a Alemanha, que são federativos. Temos hoje 25 países federativos no mundo.

O que acontece em regimes federativos é a existência de uma complexa engenharia consociativa entre os diferentes polos de poder, principalmente na relação poder central e poder dos Estados-membros. Em outros termos, a relação centralização versus descentralização. Quando essa engenharia é centrífuga, tende-se a um sistema em que o poder dos Estados é muito grande. Quando ela é centrípeta, então, cresce o poder central do que chamamos, no Brasil, de União. Governar, dentro de um sistema federativo, é algo bastante complexo e exige muita articulação.

Tratar do federalismo é falar de um tipo específico de Estado. Alguns conceitos fundamentais, sem pretensão de esgotamento, podem nos servir de auxílio nessa análise exploratória.

Federação provém do latim *foedus-eris*[19], que significa contrato, aliança, união, ato de unir-se por aliança e também fiar-se, confiar-se e acreditar.

Uma federação *é a união de membros federados* que formam uma só entidade soberana: o Estado Nacional. No regime federal, só há um Estado Soberano cujas unidades federadas subnacionais (Estados) gozam de autonomia dentro dos limites jurisdicionais atribuídos e especificados. Daí que tais subunidades não são nem nações independentes e nem unidades somente administrativas.

Trata-se, pois, de um regime em que os poderes de governo são repartidos entre instâncias governamentais por meio de campos de competências legalmente definidas. A repartição de competências sempre foi um assunto básico para a elucidação da forma federativa de Estado.

Podem-se distinguir 3 tipos gerais de federalismo.

O federalismo centrípeto se inclina ao fortalecimento do poder da União em que, na relação concentração-difusão do poder, predominam relações de subordinação dentro do Estado Federal. Pode-se dar, como exemplo, o próprio Brasil entre os anos 1930-1934, 1937-1945 e 1964-1988.

O federalismo centrífugo se remete ao fortalecimento do poder do Estado-membro sobre o da União em que, na relação concentração-difusão do poder prevalecem relações de larga autonomia dos Estados-membros. Pode-se assinalar como tal a situação dos Estados Unidos e, no Brasil, a Velha República,

---

[19] Não confundir com *foedus, a, um,* que significa sujo, fedido, mal cheiroso.

especialmente com o poder hegemônico das oligarquias paulistas e mineiras, entre 1898-1930.

O federalismo de cooperação busca um equilíbrio de poderes entre a União e os Estados-membros estabelecendo laços de colaboração na distribuição das múltiplas competências por meio de atividades planejadas e articuladas entre si, objetivando fins comuns. Esse federalismo político e cooperativo foi posto em 1934, em 1946 e é o registro jurídico forte de nossa atual Constituição[20].

São exemplos formalizados de federalismo político, ainda que diferenciados entre si nas suas especificidades e efetivação: o Brasil, os Estados Unidos da América do Norte, a Alemanha, o México, a Argentina, a Venezuela, a Rússia e a Bélgica, entre outros.

Cumpre agora distinguir a Federação de outras formas de organização dos Estados.

A Confederação indica a união entre várias nações autônomas que se reúnem em torno de um só poder central que as representa ante as demais nações. Estas nações unidas preservam sua autonomia interna e sua personalidade jurídica ante os outros Estados Nacionais da Confederação. Enquanto Estados Nacionais Confederados, eles abdicam de sua soberania externa, a qual é delegada àquele poder que os representa em foros internacionais. Gozam, porém, do chamado direito de secessão, ou seja, um Estado pode se retirar da Confederação.

Exemplo clássico de confederação é a Suíça, cujo nome formal é Confederação Helvética, com seus 20 cantões e 6 subcantões. Outro exemplo é a Bósnia-Herzegovina.

---

[20] Cf. Almeida (1991) e C. Rocha (1997).

O Estado Unitário se dá dentro de um governo central com autoridade exclusiva de um Estado com jurisdição integral em todo o país. Nas divisões administrativas com as quais ele possa contar, não há autonomia destas, no mais das vezes chamadas de Regiões ou Províncias. Essas são diretamente subordinadas à autoridade do poder central mediante delegação.

Exemplos típicos são a França, o Uruguai, Portugal e, em nossa história, o Brasil Imperial.

Uma análise detida do federalismo deve considerar, em cada caso, a origem dos diferentes modelos das federações e os condicionantes dos seus respectivos processos históricos.

O Brasil, registre-se, é uma República Federativa desde o Decreto nº 01, de 15.11.1889: "Fica proclamada provisoriamente e decretada como a forma de governo da nação brasileira a República Federativa[21]".

A República Federativa adota um tipo de Estado em que há tanto um autogoverno (concentração) e um governo compartilhado (difusão). Desse modo, pode-se dizer que o caráter federativo de um Estado nacional se concentra em um polo central de poder e, ao mesmo tempo, se difunde pela autonomia dos seus membros que possuem competências próprias[22].

As Constituições do Estados-membros, não podendo contraditar os dispositivos constitucionais,

---

[21] O advérbio *provisoriamente* teve sua consumação no plebiscito aqui acontecido, em 21 de abril de 1993. O povo pôde se manifestar sobre o sistema de governo (presidencialismo ou parlamentarismo) e ainda decidir se o país deveria continuar sob o regime republicano ou optar pela restauração da monarquia em virtude da EC nº 02/92.

[22] O Brasil já teve, sob a República, Territórios Federais diretamente subordinados à União não dispondo de autonomia administrativa.

podem, todavia, organizar os seus sistemas de ensino pelas leis que adotarem, observados os princípios estabelecidos pela Constituição Nacional e de acordo com as diretrizes e bases da educação nacional, Lei nº 9.394/96.

Desse modo, segundo o artigo 25 da Constituição:

> Art. 25. Os Estados organizam-se e regem-se pelas Constituições e leis que adotarem, observados os princípios desta Constituição.
>
> § 1º - São reservadas aos Estados as competências que não lhes sejam vedadas por esta Constituição.

Contudo, no jogo entre disposições nacionais e disposições dos entes federados, cumpre saber dos parágrafos do artigo 24 da Constituição:

> § 1º - No âmbito da legislação concorrente, a competência da União limitar-se-á a estabelecer normas gerais.
>
> § 2º - A competência da União para legislar sobre normas gerais não exclui a competência suplementar dos Estados.
>
> § 3º - Inexistindo lei federal sobre normas gerais, os Estados exercerão a competência legislativa plena, para atender a suas peculiaridades.
>
> § 4º - A superveniência de lei federal sobre normas gerais suspende a eficácia da lei estadual, no que lhe for contrário.

Desse modo, posta a Lei Maior como moldura para a adequação das Constituições Estaduais, vários dispositivos constantes naquela devem ser obedecidos pelos Estados-membros.

Para dar conta deste modelo federado e cooperativo, a Constituição compôs um ordenamento jurídico complexo no qual coexistem, segundo Almeida (1991, p. 79), "competências privativas, repartidas horizontalmente, com competências concorrentes, repartidas verticalmente, abrindo-se espaço também para a participação das ordens parciais na esfera de competências próprias da ordem central, mediante delegação". Junto com estas, associam-se as competências comuns.

As competências privativas da União estão previstas, sobretudo, nos artigos 21 e 22.

As competências privativas dos Estados estão listadas no artigo 18, § 4º, e nas competências residuais não enumeradas no artigo 25 e as listadas nos §§ 2º e 3º do mesmo artigo 25.

As competências privativas dos Municípios são listadas no artigo 30. Ele contém matéria própria dos Municípios, mas que também não deixa de fazer interface com os Estados, o Distrito Federal e a União.

> Assim é que nos incisos I e II do artigo 30 se cuida, respectivamente, da competência legislativa privativa, que o Município exercerá em relação aos assuntos de seu interesse, e da competência legislativa concorrente, cabendo-lhe suplementar a legislação federal e estadual, no que couber. (ALMEIDA, 1991, p. 125)

O artigo 23 lista as competências comuns cuja efetivação é tarefa de todos os entes federativos, pois as finalidades nelas postas são de tal ordem que, sem o concurso de todos eles, elas não se realizariam. Deve-se assinalar o inciso V, que diz ser competência comum "proporcionar os meios de acesso à cultura, à educação e à ciência".

É importante assinalar o que diz o parágrafo único deste artigo: "Leis complementares fixarão normas para a cooperação entre a União e os Estados, o Distrito Federal e os Municípios, tendo em vista o equilíbrio do *desenvolvimento e do bem-estar* em âmbito nacional".

Trata-se de matéria da mais alta importância e significado para o conjunto das ações públicas e, em especial, para a manutenção e o desenvolvimento do ensino. A feitura desta lei complementar possibilitaria o aprimoramento na sistematização das competências, a fim de coordená-las de modo claro na forma, cooperativo na articulação e eficaz no desenvolvimento e bem-estar dos cidadãos brasileiros.

Percebe-se, pois, que em vez de um sistema hierárquico ou dualista, comumente centralizado, a Constituição Federal montou um sistema de repartição de competências e atribuições legislativas entre os integrantes do sistema federativo, dentro de limites expressos, reconhecendo a dignidade e a autonomia próprias deles.

Como diz Ivo (1997, p. 85):

> Tanto as leis nacionais, como as leis federais e estaduais, e no caso brasileiro, as leis municipais possuem o mesmo nível, não se podendo falar, entre elas, de hierarquia. É que hierarquia do ponto de vista jurídico, só acontece quando uma norma inferior retira seu fundamento de validade da que lhe está acima. O conceito de hierarquia é relacional, uma norma é hierarquicamente inferior à norma que lhe fornece seu fundamento de validade.

No caso brasileiro, o modelo de distribuição de competências objetiva conjugar as atribuições repartindo-as cooperativamente e, quando for necessário, impondo casos de limitação tais como os expostos no artigo 34. Busca-se pois uma finalidade comum, um sentido geral, com regras e normas de modo a obter uma harmonia interna. Mas todas estas competências e limitações encontram seu fundamento de validade na mesma fonte, isto é na Constituição Federal.

Espera-se, com isto, que não haja antinomias no interior das competências e entre estas e que, coexistindo lado a lado, formem um conjunto harmonioso visando aos fundamentos, objetivos e finalidades maiores e comuns postos na Constituição.

A Constituição faz uma escolha por um regime normativo e político, plural e descentralizado onde se cruzam novos mecanismos de participação social com um modelo institucional cooperativo que amplia o número de sujeitos políticos capazes de tomar decisões. Por isso mesmo a cooperação exige entendimento mútuo entre os entes federativos e a participação supõe a abertura de arenas públicas de decisão. A insistência na cooperação, a divisão de atribuições, a assinalação de objetivos comuns com normas nacionais gerais indicam que, nesta Constituição, a acepção de sistema se dá como sistema federativo por colaboração tanto quanto de Estado Democrático de Direito. Esta abertura, contudo, no campo da interpretação do texto legal, dada a complexidade da teia de relações que se estabelecem, é também fonte de incertezas.

No que se refere à educação propriamente dita, a Constituição deixa claro, no artigo 211, que a "União, os Estados e os Municípios organizarão em regime de colaboração seus sistemas de ensino".

A educação é nacional porque se assenta em diretrizes e bases nacionais (inc. XXIV do art. 22), cuja elaboração é competência privativa da União. Também os artigos 206 e 208 explicitam, respectivamente, os princípios nacionais do ensino e os deveres do Estado para com a educação. No entanto, sendo a educação uma matéria de natureza concorrencial[23], a competência da União limita-se às normas gerais (§ 1º do art. 24), isto é, elas não podem ter um caráter exaustivo, deixando-se aos outros entes a complementação ou suplementação, no que couber (§ 2º do art. 24 e inciso II do art. 30). E, sendo a educação inclusive um assunto pertinente à competência comum, os meios de acesso devem ser de tal modo que Estados e Municípios que não obedeçam à aplicação dos percentuais vinculados possam ser atingidos por intervenção superior, de acordo com o artigo 35 da Constituição, estando a União sujeita ao Tribunal de Contas da União, órgão do Poder Legislativo Federal.

A complexidade e a importância da matéria educacional exigem, pois, colaboração (art. 211), cooperação (parágrafo único do art. 23), cooperação técnica e financeira da União e do Estado (inciso VI, art. 30).

---

[23] Concorrente, aqui, deve ser tomado no sentido da simultaneidade de mais de um participante intervir na consecução de um fim e, no caso da educação escolar, no atingimento das finalidades maiores e comuns dela.

Conclusão

As precárias condições de existência social, os preconceitos, a discriminação racial e a opção por outras prioridades fazem com que tenhamos uma herança pesada de séculos a ser superada. A declaração e a efetivação do direito à educação têm sido e são imprescindíveis para essa superação. E isso se torna mais significativo em países como o Brasil, cuja forte tradição elitista reservou apenas às camadas privilegiadas o acesso a este bem social.

A educação, bem público, aberto, sob condições, à iniciativa privada, é, no âmbito público, cercada de proteção, como, por exemplo, a Constituição, a Lei de Diretrizes e Bases da Educação Nacional, o Plano Nacional de Educação e os pareceres e resoluções dos Conselhos de Educação.

Hoje, o acesso à educação básica no Brasil vem sendo bem encaminhado. Isso torna a qualidade do ensino ofertado o maior desafio da educação brasileira.

A educação escolar, pois, é erigida em nosso atual ordenamento jurídico como um bem público e em serviço público quando ofertada pelos poderes públicos. E, por implicar o direito da cidadania na sua oferta e no desejo que se faça presente, pelos estudantes, como um exercício consciente; por qualificar para o mundo do trabalho; por ser gratuita e obrigatória na educação infantil/pré-escola e no Ensino Fundamental; por ser gratuita e progressivamente obrigatória (tornando-se obrigatória a partir de 2016), ela é dever do Estado. Estamos, pois, diante de um direito juridicamente protegido, em especial como direito público subjetivo no âmbito da educação infantil/pré-escola, do Ensino Fundamental e do Ensino Médio.

A declaração e a efetivação desse direito tornam-se imprescindíveis no caso de países como o Brasil, com forte tradição elitista e que, tradicionalmente, reservaram apenas às camadas privilegiadas o acesso a este bem social.

O direito à educação parte do reconhecimento de que o saber sistemático é mais do que uma importante herança cultural. Como parte da herança cultural, o cidadão torna-se capaz de se apossar de padrões cognitivos e formativos pelos quais tem maiores possibilidades de participar dos destinos de sua sociedade e colaborar na sua transformação. Ter o domínio de conhecimentos sistemáticos é também um patamar *sine qua non*, a fim de poder alargar o campo e o horizonte destes e de novos conhecimentos.

A educação escolar, ainda que imprescindível, participa dos sistemas sociais, mas ela não é o todo destes sistemas. As desigualdades sociais que perpassam a escola são características de sistemas sociais excludentes. Estão nela, mas não nascem dela. Lutar pelo fim da desigualdade social e das discriminações de qualquer natureza não é exclusividade da educação escolar. Contudo, dentro de seus limites, a escola possibilita um espaço de transmissão de conhecimentos e de convivência social tendentes a assinalar um projeto de sociedade menos desigual. Ela auxilia na eliminação das discriminações e, nesta medida, abre espaço para outras modalidades mais amplas de emancipação.

Por isso, declarar e assegurar a educação como direito nas Constituições são mais do que uma proclamação solene. Declarar é retirar do esquecimento e proclamar é dizer aos que não sabem ou se esqueceram que somos sujeitos de um direito importante. Declarar e assegurar, sob esse enfoque, resultam na necessária cobrança de quem tem o dever e a consequente assunção de responsabilidades de assegurá-lo. E, no caso de omissão, o direito de cobrá-lo quando ele não é respeitado.

Mais do que isto, a nossa Constituição avança do conceito de cidadania para o de direitos humanos. O artigo 4º da Constituição da República de 1988 dispõe, como princípio, *a prevalência dos direitos humanos e a cooperação entre os povos para o progresso da humanidade.*

Avançar no conceito de cidadania supõe a generalização e a universalização dos direitos humanos, cujo lastro transcenda o liame tradicional e histórico entre cidadania e nação, tal como desenvolvido, por exemplo, em Marshall (1967) para a Inglaterra e em Carvalho (2002) no Brasil.

De um lado, esse conceito universal deve constituir-se no horizonte mais amplo de convivência entre as pessoas dos diferentes povos do mundo, porque não é por uma pertença específica como cidadão – por exemplo pertença nacional ou outra – que o ente humano é sujeito de direitos fundamentais. Esse conceito universal continua sendo o patamar mais fundo pelo qual se combatem todas as formas e modalidades de discriminação, inclusive de pertença étnica e, por ele, pode-se, então, assegurar o direito à diferença.

Só em um planeta mundializado, onde se possa realizar essa essência da igualdade e da liberdade de todos os seres humanos, pondo-se ênfase no que é comum à espécie humana, é que a superioridade axiológica da humanidade vista ut genus (enquanto gênero) se sobreporá a uma visada dos cidadãos pertencentes enquanto tais em seus países.

Conhecer a legislação é, então, um ato de cidadania e que não pode ficar restrito aos especialistas da área, como juristas, bacharéis e advogados.

O parágrafo único do artigo 1º da Constituição Federativa do Brasil de 1988 diz isto: "Todo o poder emana do povo, que o exerce por meio de representantes eleitos ou diretamente, nos termos desta Constituição".

É a efetivação deste dispositivo (emana do povo) que qualifica o Estado Democrático de Direito erigido em virtude da potência da soberania popular. É desta potência que se pode entender porque a legislação ganha sentido, legitimidade e prestígio. Contrariamente à lei da força, a força da lei é a ordem jurídica nascida da vontade popular que vai se impondo como o modo normal de funcionamento da sociedade, como lugar de igualdade de todos e como produto da própria cidadania. Será, pois, no reconhecimento da cidadania como capacidade de alargar o horizonte de participação de todos nos destinos nacionais que a legislação voltará à cena.

Este reconhecimento da cidadania, posto na Constituição e em todos os equipamentos jurídicos, é também, como vimos, um ato pelo qual se dá a todos o conhecimento da legislação em termos de direitos, deveres, obrigações e proibições, além do funcionamento organizacional de uma sociedade.

Nossa Constituição aposta neste horizonte. E assinala que as políticas educacionais devem se efetivar à luz dos princípios e finalidades que ela encerra.

Este opúsculo quer cooperar, dentro dos princípios da Constituição de 1988, para que aqueles dispositivos postos na lei de 1827 e na Constituição de 1934 sejam orientadores de práticas que assumam o direito à educação e o dever do Estado como caminho de uma cidadania consciente e crítica e como uma abertura para os direitos humanos.

Referências

ALMEIDA, Fernanda Dias Menezes de. *Competências na Constituição de 1988*. São Paulo: Atlas, 1991.

BOBBIO, Norberto. *O futuro da democracia:* uma defesa das regras do jogo. Rio de Janeiro: Paz e Terra, 1986.

BOBBIO, Norberto. *A era dos direitos*. Rio de Janeiro: Campus, 1992.

______. *Locke e o direito natural*. Brasília: UNB, 1997.

______. *Teoria geral da política*: a filosofia política e as lições dos clássicos. Rio de Janeiro: Campus, 2000.

CARVALHO, José Murilo de. *Cidadania no Brasil:* o longo caminho. Rio de Janeiro: Civilização Brasileira, 2002.

CHIZZOTTI, Antonio. *As origens da instrução pública no Brasil*. Dissertação (Mestrado) - PUC/SP, São Paulo, 1975.

CURY, Carlos Roberto Jamil. *Ideologia e educação brasileira:* católicos e liberais. São Paulo: Cortez e Moraes, 1978.

______. *A Educação como desafio na ordem jurídica*. In: TEIXEIRA LOPES, Eliane Martha; FARIA FILHO,

Luciano Mendes de; VEIGA, Cynthia Greive. 500 anos de educação no Brasil. Belo Horizonte: Autêntica, 2000.

______. *Cidadania republicana e educação:* governo provisório do Mal. Deodoro e Congresso Constituinte de 1890-1891. Rio de Janeiro: DP&A, 2001.

______. *A educação na Revisão Constitucional de 1925-1926*. Bragança Paulista: EDUSF, 2003.

______. A educação nas Constituições brasileiras. In: STEPHANOU, Maria; BASTOS, Maria Helena Câmara (Org.). *Histórias e memórias da educação no Brasil*. Petrópolis: Vozes, 2005. v. III.

DABIN, Jean. Droit. In: *Le droit subjectif*. Paris: Dalloz, 1952.

FÁVERO, Osmar (Org.). *A educação nas Constituintes brasileiras*. Campinas: Autores Associados, 1996.

FERREIRA, Luiz Antonio Miguel. *Temas de direito à educação*. São Paulo: Imprensa Oficial, 2010.

GABRIEL Ivo. *Constituição Estadual*. São Paulo: Max Limonad, 1997.

HORTA, José Silvério Baia. A educação no Congresso Constituinte de 1966-67. In: FÁVERO, Osmar (org.). *A educação nas Constituintes brasileiras*. Campinas: Autores Associados, 1996.

______. *O hino, o sermão e a ordem do dia:* o regime autoritário e a educação no Brasil (1930-1945). Campinas: Autores Associados, 2012.

MARSHALL, Thomas H. *Cidadania, classe social e status*. Rio de Janeiro: Zahar, 1967.

OLIVEIRA, Romualdo Portela de. *A* educação na Assembléia Constituinte de 1946. In: FÁVERO, Osmar

(Org.). *A educação nas Constituintes brasileiras.* Campinas: Autores Associados, 1996.

PONTES DE MIRANDA, Francisco Cavalcante. *Comentários à Constituição da República dos Estados Unidos do Brasil.* Rio de Janeiro: Guanabara, 1937. t. II.

PRZEWORSKI, Adam. *Capitalismo e Social-Democracia.* São Paulo: Cia das Letras, 1989.

ROCHA, Cármen Lúcia Antunes. *República e Federação no Brasil:* traços constitucionais da organização política brasileira. Belo Horizonte: Del Rey, 1997.

ROCHA, Marlos Bessa Mendes da. *Tradição e modernidade na educação:* o processo constituinte de 1933-34. In: FÁVERO, Osmar (Org.). A educação nas Constituintes brasileiras. Campinas: Autores Associados, 1996.

SOUZA, Luiz Eduardo de. A transformação do paradigma legal no Estado de Direito: considerações oportunas. In: MIRANDA, Alessandra de la Vega et al. *Estudos de Direito Público:* desafios e utopia. Porto Alegre: Síntese, 2001.

O AUTOR

CARLOS ROBERTO JAMIL CURY formado em Filosofia, mestre e doutor em Educação, professor emérito da UFMG, atualmente é professor da PUC-Minas. Foi membro do Conselho Nacional de Educação e presidente da Capes. É pesquisador do CNPq e membro do Conselho Nacional da SBPC. Tem escritos sobre o direito à educação e políticas educacionais.

A Coleção **Pensar a Educação Pensar o Brasil** é fruto de uma parceria entre a *Mazza Edições* e o *Projeto Pensar a Educação Pensar o Brasil – 1822/2022*. Este Projeto, desenvolvido em parceria por docentes e discentes da Pontifícia Universidade Católica de Minas Gerais, da Universidade Federal de Ouro Preto e da Universidade Federal de Minas Gerais, envolve ações de ensino, pesquisa e extensão que buscam refletir sobre o lugar da educação no âmbito dos projetos de Brasil delineados ao longo de nossa história. Fazem parte do Projeto um *Programa de Rádio*, levado ao ar toda semana na *Rádio UFMG Educativa*, *Seminários Anuais* sobre temas relevantes para a educação Brasileira e a presente *Coleção*.

Integram a Coleção cinco séries: *Série Seminário*, *Série Estudos Históricos*, *Série Clássicos da Educação Brasileira*, *Série Diálogos* e *Série Ensaios*.

A **Série Seminários** publica os textos apresentados nos Seminários Anuais do Projeto, dos quais participam os mais importantes pesquisadores em educação do País. A **Série Estudos Históricos** publica trabalhos de história da educação e de áreas afins que contribuam para alargar o entendimento sobre o lugar da educação no âmbito dos projetos de Brasil delineados ao longo de nossa história. A **Série Clássicos da Educação Brasileira** traz resenhas introdutórias das principais obras sobre educação brasileira publicadas pelos principais pesquisadores em educação do País. A **Série Diálogos** publica textos que buscam fortalecer o intercâmbio entre o professorado da educação básica e os(as) pesquisadores(as) das diversas áreas da educação. A **Série Ensaios** publica interpretações da relação entre a educação e as grandes questões que marcaram e marcam a história da sociedade brasileira nos últimos 200 anos.

O objetivo da Mazza Edições e do *Projeto Pensar a Educação Pensar o Brasil – 1822/2022* é que a Coleção contribua para a discussão da educação brasileira e, por meio desta, da constituição da própria sociedade brasileira.

Este livro foi composto em Adobe Garamond Pro e impresso
em papel Offset 90 g/m² (miolo) e Cartão 250 g/m² (capa),
no mês de outubro de dois mil e quatorze.